Traduit du japonais par Madoka, Jean-Christian Bouvier et Florence Seyvos
ISBN 978-2-211-20164-3
Première édition dans la collection *lutin poche*: juin 2010
© 2009, l'école des loisirs, Paris, pour l'édition en langue française
© 2000, Yuichi Kasano
Titre de l'édition originale : « Ohisama Pokapoka »
Fukuinkan Shoten Publishers, Inc., Tokyo, Japan, 2000
Loi numéro 49 956 du 16 juillet 1949 sur les publications
destinées à la jeunesse : mars 2009
Dépôt légal : janvier 2022
Imprimé en France par Pollina à Luçon - 41472

Yuichi Kasano

À la sieste, tout le monde !

les lutins de l'école des loisirs
11, rue de Sèvres, Paris 6e

Il fait si beau aujourd'hui…

Grand-mère en profite pour faire prendre l'air à son joli matelas, sur la véranda.

Voilà le chat qui passe par là.

Quel joli matelas, qu'il a l'air moelleux !
Ahhh ! Je bâille déjà !

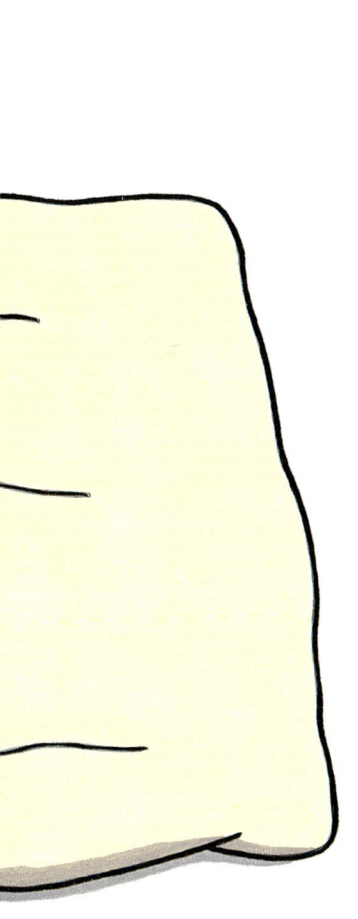

Plouf ! Le chat s'est endormi là.
Grand-mère voit le chat sur son joli matelas.
C'est vrai qu'il a l'air moelleux.
Si je m'allongeais, juste un petit peu…

Ahhh ! Je bâille déjà !
Fais-moi une place, coquin de chat.

Plouf ! Grand-mère s'est endormie là.

Un matelas comme ça, dit la poule, ça ne se refuse pas !
Un grand bâillement, trois petits bâillements…

Et plouf ! La poule et ses poussins dorment déjà.
Un petit garçon et son chien viennent à passer par là.

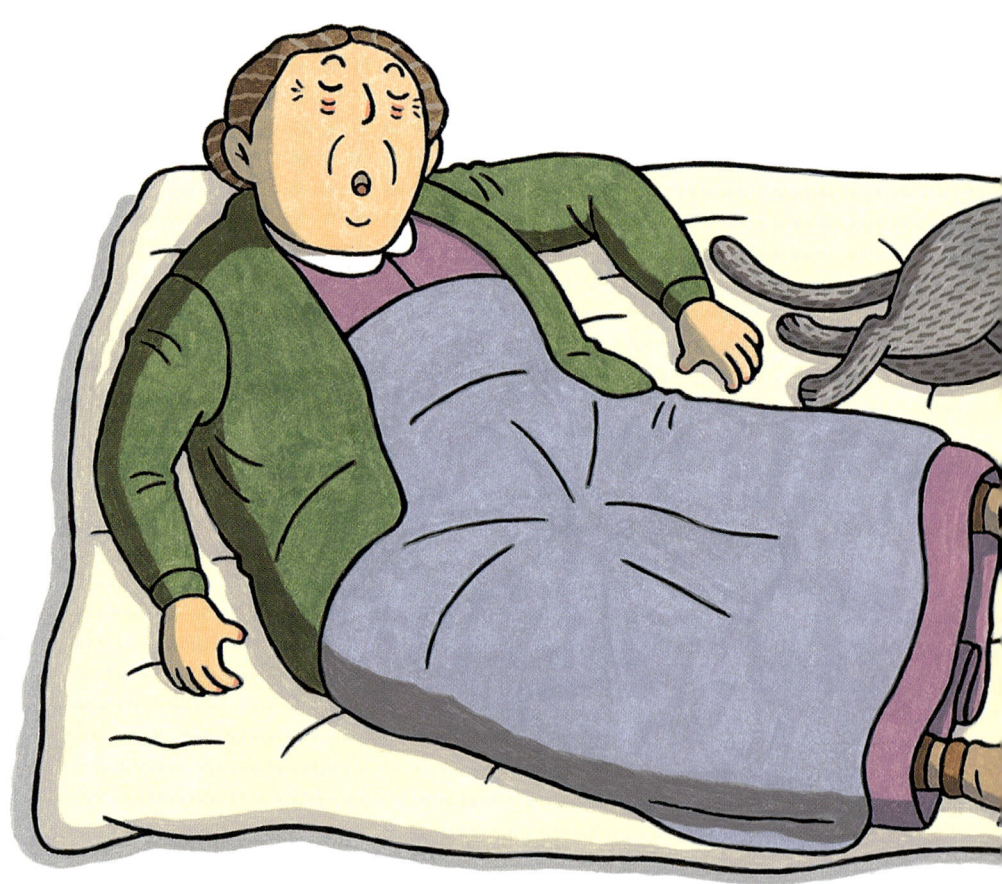

Ahhh ! ce matelas nous appelle !
Vite, une place, nous avons sommeil !

D'ailleurs, plouf ! Nous dormons déjà.

Arrive madame la chèvre, qui bâille si fort…

… que plouf ! aussitôt elle s'endort.

Vite, vite, nous bâillons !
Y a-t-il un petit coin pour la famille cochon ?

Mais oui, mais oui !

Et tout le monde dort en faisant de petits bruits…

Mais soudain, un tremblement de terre…

C'est la fin de la sieste de Grand-mère.

Quelle bonne sieste
j'ai faite avec le chat !
C'est grâce au soleil
et à mon joli matelas.